AF299574

GALERIE THÉATRALE

CHOIX

DE

PIÈCES NOUVELLES

Les Canards de l'année

PRIX: 30 cent.

PARIS

AU MAGASIN CENTRAL DE PIÈCES DE THÉATRE

ANCIENNES ET MODERNES

Rue de Grammont, 14

LES CANARDS DE L'ANNÉE

REVUE DE 1847, EN TROIS ACTES ET QUATRE TABLEAUX

Par MM. CORMON et GRANGÉ

Représentée pour la première fois, à Paris, sur le théâtre des Folies-Dramatiques,
le 8 janvier 1849.

DISTRIBUTION DE LA PIÈCE :

Premier acte.

PERSONNAGES.	ACTEURS.	PERSONNAGES.	ACTEURS.
LE GRAND PÈRE CANARD Ier.	M. Belmont.	CANARD V	Le petit Canard.
CANARD II	M. Lebailly.	CRÉTIN	M. Palaiseau.
CANARD III	M. Graistot.	PREMIER IMPRIMEUR	M. Ray.
CANARD IV	Mlle Angélina-Legros.	DEUXIÈME IMPRIMEUR	M. Desqueux.

Deuxième acte.

PERSONNAGES.	ACTEURS.	PERSONNAGES.	ACTEURS.
VERLUISANT	M. A. Villot.	LA RUE MAZAGRAN	Mme Martineau.
LA NORMANDE	M. Ray.	LA RUE AUX OURS	Mme Lebailly.
L'ÉCHAUDÉ	M. Hervey.	LA RUE BLEUE	Mme Maréchal.
LE PASSAGE DU SAUMON	M. Couard	LA RUE DE LA PAIX	Mme Daniel.
LE PASSAGE VÉRO-DODAT	M. France.	LA RUE DE LA BOULE ROUGE.	Mlle Disan.
LE PASSAGE DU GRAND-CERF.	M. Ferdinand.	PREMIÈRE ÉCUYÈRE	Mme Martin-Charlet.
GLULARDINI	M. Hillefac.	DEUXIÈME ÉCUYÈRE	Mlle Elisa.
TROIS EXPOSANTS	MM Desqueux, Venant et Chéar.	TROISIÈME ÉCUYÈRE	Mlle Valérie.
L'ÉTHER	Mlle Rosine Dabrot.	QUATRIÈME ÉCUYÈRE	Mlle Camille.
LA CHANTEUSE	Mme Adam.	Les cités Visé, Berchem, Boufflers et Trévise / Le Passage du Caire	personnages muets.
LA RUE SAINT-DENIS	Mme Hervey.		

Troisième acte.

PERSONNAGES.	ACTEURS.	PERSONNAGES.	ACTEURS.
LA RÉCLAME	Mlle Fanny-Klein.	ALBERT BADIN	M. Couard.
JÉROME LE MAÇON	M. Léon-Desolmes.	L'ANNONCE	Mlle Thaïs.
DOMINIQUE	M. Hervey.	Le chiffonnier de Paris / La chiffonnière du Palais-Royal / Le Programme / La Blague / Trois Girondins	personnages muets.
GASTIBELZA ET UN MONSIEUR	M. Ray.		
CAILLETTE	Mlle Miva.		
CLÉOPATRE	Mme Hervey.		
LA BELLE AUX CHEVEUX D'OR	Mme Martineau.		
UN CROISÉ DE LA JERUSALEM.	M. Dublanges.		

Quatrième tableau.

Tous les acteurs jouant dans la Revue.

NOTA. S'adresser pour la mise en scène à M. Dublanges, régisseur du théâtre, et pour la musique à M. Oury, chef d'orchestre du théâtre des Folies-Dramatiques.

ACTE PREMIER.

Une imprimerie. A droite, sur le devant, une casse. Au fond, une presse.

SCÈNE I.

Au lever du rideau les ouvriers sont occupés à suspendre des guirlandes de fleurs, de feuillage, d'autres font des bouquets, des couronnes, etc., etc...

CHŒUR.

Air : *Des trois marteaux.*

Préparons
Et décorons
Cette salle
Triomphale ;
Apprêtons tout sans retard
Pour la fête du canard !
Qu'à la fête du canard
Chacun prenne part ! (bis.)

PREMIER OUVRIER. Allons, mes enfants, chaud, chaud ! du zèle, de l'ardeur... n'oublions pas que c'est aujourd'hui une grrrande solennité pour notre corps. La fête du grrrand père Canard, patron des imprimeurs !

DEUXIÈME OUVRIER. Tiens !... le patron des imprimeurs, je croyais que c'était Guttemberg !

PREMIER OUVRIER. Allons donc, farceur !... c'est lui qui a inventé l'imprimerie, je ne dis pas non !... mais celui qui l'entretient, qui l'alimente, qui la subventionne, c'est le canard !

DEUXIÈME OUVRIER. Le canard ?

PREMIER OUVRIER. Ces journaux que nous imprimons, de quoi qu'ils remplissent leurs colonnes ? de canards ! ces prospectus, ces feuilles d'annonces que nous tirons à vingt, à trente mille exemplaires, de quoi qu'ils vivent ?... de canards ! Tu vois donc bien, jobard, que not'providence, c'est l'canard !

TOUS. Oui, oui, vive le canard !

DEUXIÈME OUVRIER. Mais lui, le père Canard, il est donc bien âgé ?

PREMIER OUVRIER. Je t'en réponds.

Air : *Du premier prix.*

Doyen d'une race féconde,
Il se perd dans la nuit des temps,
Et presqu'aussi vieux que le monde
Compte près de quatre mille ans !
On dit (a plus d'un actionnaire
J'en demande bien des pardons)
Que le canard parut sur terre
Dès qu'il s'y trouva des dindons !

DEUXIÈME OUVRIER. Oh ! alors y doit être fièrement ancien ! (*On entend jouer l'air : Les canards l'ont bien passée.*)

PREMIER OUVRIER. Ah ! cet air m'annonce...

(*La clarinette s'arrête sur un canard.*) Un Canard, plus de doute, c'est lui ! c'est le patron !

SCÈNE II

LES MÊMES, CANARD Iᵉʳ (*vêtu à la manière des temps antiques, s'appuyant sur une canne à bec de canard, et soutenu par Canard II, costumé comme sous Louis XIV, et par Canard III, costumé en muscadin du temps de la république*)

CHŒUR.

Air : *De l'Ours et le Pacha.*

Gloire, honneur au vénérable canard
Roi du puff, de l'annonce et du placard !
De fleurs, au jour de sa fête
Nous voulons orner sa tête,
Gloire, honneur au vénérable canard !

CANARD Iᵉʳ (*d'une voix cassée*) :

Salut ! (*Six fois.*)

REPRISE DU CHŒUR,

Gloire, honneur, etc.

CANARD Iᵉʳ. Ouvriers imprimeurs, mes féaux et alliés....

PREMIER OUVRIER (*bas aux autres*). Ah ! bon ! le canard de rigueur !

CANARD Iᵉʳ (*continuant*). C'est avec bonheur que je reçois les vœux de ma bonne imprimerie... cette épreuve de vos caractères me cause une bien vive impression.

TOUS. Vive le père Canard, vive sa famille !

PREMIER OUVRIER (*s'avançant*). Illustre patron, puisque c'est votre fête, je vous la souhaite... voici mon bouquet.

TOUS (*de même*). Voici les nôtres !

CANARD Iᵉʳ (*les prenant*). Merci, mes amis, merci... ces bouquets me sont d'autant plus agréables, que je les reconnais pour sortir de ma fabrique.

CANARD II. En effet, papa... ils viennent de notre entreprise générale des bouquets de premières représentations... les bouquets Canards !

CANARD III. Ce sont les mêmes qui ont été jetés sur la scène le jour de la réouverture de l'Opéra.

CANARD II. Et que le théâtre nous a vendus à moitié prix.

CANARD Iᵉʳ. En vertu de ce précepte : rendons au canard ce qui appartient au...

CANARD III. Canard !

CANARD Ier. A la bonne heure!... j'aime à voir que les bonnes traditions ne se perdent pas tout à fait!... et qu'on est encore, en 1847, quelque peu fidèle au canard.

CANARD II. Comment donc, papa!.. plus que jamais!

CANARD Ier. Hélas! non, mes enfants, c'est une piteuse vérité; mais notre maison de commerce est loin d'être aussi florissante que par le passé... le canard dégénère... le canard se déplume... le canard barbotte!

CANARD II. Allons donc!... et depuis quand?

CANARD III. Quand? quand? quand?

CANARD Ier. Il n'y a pas de concans!... Ah! ce n'est plus comme dans ma jeunesse... au beau temps de l'antiquité... Par Mercure! voilà une époque où le Canard se fricottait proprement! Ah! dieux! leur en ai-je servi à toutes sauces!... leur en ai-je fait avaler!

Air : *C'est le gros Thomas.*

Pour nos bons aïeux
De la Grèce et de la Phrygie
J'inventai les dieux.
Les dieux de la mythologie!
Phœbus et ses chevaux
Hercule et ses travaux
Cérès à la gerbe de seigle
Le gros Jupiter et son aigle!
    Ah! que de canards
    Servis aux bons jobards!

Je fus inventer,
Sous Numa, la nymphe Égerie,
Pour faire voter
Toutes les lois par sa patrie.
Les oracles thébains,
Les augures romains,
Les flots tout donnés du Pactole,
Et jusqu'aux oi's du capitole...
    Ah! que de canards
    Servis aux bons jobards!

CANARD II. J'en conviens, cher papa... Tout cela est magnifique... Vous êtes notre ancien... Le fondateur de cette vaste entreprise si connue sous le nom ronflant de l'Entrepôt général des Canards!... Vous êtes beau... comme l'antique! Mais palsembleu! je me flatte d'avoir aussi mon mérite... moi Canard II.. Le canard des XVIIe et XVIIIe siècles!

CANARD Ier. Je ne me plains pas précisément de toi.. De ton temps ça boulottait encore..

CANARD II. Malpeste!... je le crois bien!... Et mon homme au masque de fer, canard du siècle de Louis XIV... Et le fameux système de Law, canard de la régence?... et l'arbre de Cracovie, canard du temps de Louis XV... j'espère que tout ça n'est pas de la gnognote!

CANARD Ier. C'est possible!... Je le reconnais avec orgueil, tu as fait tes preuves... mais depuis...

CANARD III. Depuis?... Comment depuis? Prétendriez-vous m'adresser des reproches?... A moi Canard III, dont la république, l'empire et la restauration ont enregistré les prouesses!

Air : *Des sept Châteaux du Diable.*

Canards républicains,
Montagnards, girondins,
    Impériaux,
    Royaux,
    Tour à tour
    Me durent le jour!
Je brillai fort pendant la république;
Des bons canards, oui, ce fut la saison.
Que dites-vous de mon autel civique,
Et de mon puff, la déesse Raison?
    Sans que l'on y gagnât
    J'inventai l'assignat,
    Et quoique l'on grognât
    Il fallait qu'on s'y résignât.
L'empereur vient, la république expire;
Comme avant lui mon règne florissait;
Et dans le nid de l'aigle de l'Empire,
De temps en temps un canard se glissait.
    Les proclamations
    Les conspirations
    Nous offraient à gogo
    Des canards à la Marengo.
Pourtant parfois j'avais l'âme alarmée
Quand je voyais pleuvoir de toutes parts
Ces bulletins de notre grande armée,
Lesquels, mort bleu! n'étaient pas des canards.
    Le goût du vieux lapin
    Nous était notre pain,
    Et j'étais cuit, quand la
    Restauration arriva.
Me cramponnant à ma lyre de barde
J'inspire alors à des princes niais
Ce mot fameux, de mémoire canarde,
Ce mot charmant : « Plus de droits réunis. »
    Dans les journaux ultras
    Je faisais les beaux bras;
    De canards nouveau-nés
    Je canardais les abonnés.
C'est le Texas, pays imaginaire,
Canard célèbre auquel le badaud mord;
Du Café-Turc c'est la limonadière,
Et puis la femme à la Tête-de-Mort.
    On me doit les piqueurs,
    Les nocturnes rôdeurs,
    Un canard inventé
    Pour piquer... la curiosité.
On allongeait les jupes des danseuses;
A l'Opéra, devenu moins gaillard,
On croyait voir des nymphes vertueuses;
Mais leurs jupons ne cachait qu'un canard.
    Canards républicains,
    Montagnards, girondins,
    Impériaux,
    Royaux,
    Tour-à-tour
    Me durent le jour!

CANARD Ier. Allons, allons, tout cela n'est pas mal... Vous êtes mes dignes successeurs... mais je n'en suis pas moins pour mon dire: Le Canard ne bat plus que d'une aile... Encore quelque temps et le Canard est fricassé!

SCÈNE III.

LES MÊMES, CANARD IV.

CANARD IV. Fricassé?... Jamais!
TOUS. Canard IV.
CANARD III. Mon héritier!
CANARD IV. Moi-même!

Air : *Vive le Roi !*

Je suis le gentil canard
      Chiquenaudard
      Et Boulard
      Le canard (bis).
Que partout l'on vante,
De l'époque vrai moutard
      Venu tard
      Mais gaillard,
Plus hardi qu'un Jean-Bart
J'ai planté ma tente !
      Et voilà le canard
De notre siècle chicard
      Le canard (bis)
      Archi-chiquenaudard !
Dans presque tous les journaux
Je rédige la nouvelle ;
La *Gazette des Tribunaux*
Me doit sa correctionnelle.
Je suis membre président
Des dentistes de la ville,
Et membre correspondant
D'la compagnie Dentophile.
Je suis le gentil canard
      Chiquenaudard
      Et Boulard
      Le canard (bis)
Que partout l'on vante !
Oui, voilà le canard
De notre siècle chicard
      Le canard
      Boulard,
      Archi-chiquenaudard !

CANARD Ier. Ah ça gamin, d'où viens-tu ? d'où sors-tu ?

CANARD IV. D'où je viens ?... de la Bourse parbleu ! où j'avais à tripoter quelques opérations de chemins de fer... J'ai entendu vos cris de Canards en détresse et je viens pour vous rassurer.

TOUS. Toi ?

CANARD IV. Oui, moi qui depuis quelques années que j'existe ai plus fait pour la gloire de notre maison que vous tous ensemble depuis la création du monde !

CANARD Ier. Comment tu oses dire que mes canards ?

CANARD IV. Rococo, grand-père, rococo !

CANARD II. Les miens ?

CANARD IV. Pompadour !

CANARD III. Et les miens ?

CANARD IV. Culotte-de-peau ! J'ai mieux que ça à vous offrir.

TOUS. Par exemple !

CANARD IV. Ah ! vous prétendez que le règne du canard est passé... que le canard est enfoncé, éclipsé, défoncé, transpercé, fracassé et fricassé... lui qui n'a jamais été aussi chéri, fleuri, béni, suivi, accueilli qu'aujourd'hui !

CANARD Ier. Et la preuve ?... je ne te demande qu'une preuve ?...

CANARD VI. Et le fameux serpent de mer du *Constitutionnel*, canard maritime ! La pluie de crapauds, canard atmosphérique ! Les phoques faisant et disant papa, maman, canard poisson ! La fameuse éclipse de 1847, canard astronomique ! Les actions à primes, canard à la financière ! Les condamnations de boulangers, canard aux petits poids ! Et les célèbres chanteurs éthiopiens, canard cuit au four ! Autant de canards qui me doivent le jour... autant de canards que j'ai pondus et couvés !

TOUS. Bravo ! bravo !

CANARD IV. Je ne vous parle pas de ceux que je projette pour 1848. En voici la liste détaillée, dont un exemplaire revu, corrigé, et considérablement augmenté, sera bientôt offert au public... (*Déroulant une liste gigantesque qu'il remet à un ouvrier.*) Que l'on mette à l'instant sous presse ! allez !

L'OUVRIER (*prenant la liste*). De suite, bourgeois ! *Il sort avec les autres. — Reprise du chœur d'introduction.*)

CANARD IV. Maintenant permettez-moi de vous présenter mon fils,... un petit canardillon tout nouvellement sorti de son œuf !... (*appelant.*) Approche, bambin, approche ! (*Entre un enfant côté de plumes de canard.*)

TOUS. Ah ! qu'il est gentil !

CANARD IV. Canard de 1847..., canard d'hier... *au petit canard.* Allons, mon chérubin, dis à grand papa Canard, ce que tu as fait pour célébrer le jour de sa fête.

CANARD Ier. Comment si jeune, il a déjà fait quelque chose ?...

CANARD IV. Certainement... il a commis ses deux petits canards.

CANARD Ier. Des canards !.. à cet âge où l'on ne fait ordinairement que des cocottes, il a fait des canards... c'est merveilleux !

LE PETIT CANARD (*déclamant*).

Je suis jeune, il est vrai, mais aux âmes bien nées
Le canard n'attend pas le nombre des années.

CANARD II. Il sait Corneille !... quelle précocité !

CANARD III. Il prendra Racine.

CANARD IV. Voyons, parle, dis-nous ce que tu as inventé.

LE PETIT CANARD. J'ai inventé les bonbons de Malte contre le mal de mer... et la limonade gazeuse purgative pour faire aller le monde... na !

TOUS. Il est charmant ! il est charmant !

CANARD II. Je lui vote un sucre d'orge d'honneur !

CANARD Ier. Ah ! j'étais injuste envers cette brillante jeunesse !... nos jours de gloire ne sont pas passés !

CANARD IV. A présent que la famille est au grand complet, la séance est ouverte pour l'exhibition et inventaire des canards de l'année !

SCÈNE IV.

LES MÊMES, M. CRÉTIN.

CRÉTIN (*entrant vivement*). Les canards de l'année !... Pardon, messieurs, pardon !...

TOUS. Un étranger !

CANARD Ier. Que demandez-vous ?

CRÉTIN. Le directeur de l'entrepôt général des canards, s'il vous plaît ?

CANARD IV. C'est nous !

CRÉTIN (étonné). Vous !.. (Saluant.) Votre serviteur, messieurs!... Anastase-Polycarpe-Mellon de mes noms de baptême, et Crétin, de mon nom de famille !

CANARD IV. Ah! vous êtes de la famille des Crétins ?

CRÉTIN. J'ai cet honneur, jeune homme... Domicilié à Brives-la-Gaillarde, et membre honoraire de sa société d'amélioration des races animales.

CANARD III. Enfin, que voulez-vous ?

CRÉTIN. Voilà. — Vous saurez donc, messieurs, que de père en fils, les Crétin ont toujours vécu parmi les bêtes.

CANARD IV. Vous en avez bien l'air! mais ensuite ?

CRÉTIN. Moi, pour ma part, je m'en occupe depuis l'âge de raison. J'avais d'abord songé à élever des boule-dogues, et déjà par mes soins cette espèce s'améliorait sensiblement, lorsque l'impôt sur les chiens est venu tout renverser.

CANARD IV. L'impôt sur les chiens... il est rejeté !

CRÉTIN. Vraiment? Au fait c'était une boulette, ça pouvait soulever l'émeute parmi les meutes... Néanmoins je licenciai mes élèves... je lâchai mes chiens... dans le dessein de me consacrer exclusivement à l'éducation des lapins.

CANARD IV. Allez toujours! vous m'intéressez!

CRÉTIN. Moyennant un sacrifice de soixante-quinze centimes, j'achète un petit livre intitulé : *l'Art d'élever des lapins et de s'en faire...*

CANARD IV. Trois mille livres de rente... connu... C'est moi qui l'ai dirigé !

CRÉTIN. Ah! vous êtes l'auteur de cet opuscule ! Ouvrage profond, jeune homme !... magnifique théorie !... Par malheur, la pratique ne m'a pas réussi... Au lieu de trois mille francs elle ne m'a rapporté que trois francs de rentes.

TOUS (riant en canards). Trois francs ! Couah! couah! coinh !

CRÉTIN. Après des efforts inouïs, messieurs... Aussi ai-je encore renoncé à la culture du lapin pour donner toute ma sollicitude à l'éclosion des poulets.

CANARD IV. Ah! oui, un procédé qui consiste à faire éclore des œufs dans un four!.. c'est encore un procédé de moi !

CRÉTIN. Ah!

AIR : *De sommeiller encore, ma chère.*

Or, pour résoudre le problème
Et dans l'espoir d'obtenir des poulets
Dans un four, d'après ce système,
Depuis un mois je perte des œufs frais.
Eh bien, messieurs, malgré ma confiance
Quand les poulets mes semblaient des plus sûrs,

Jusqu'à présent l'expérience
Ne m'a donné que des œufs durs!
Tout de poulets! et mon expérience
Ne m'a produit que des œufs durs!

CANARD IV. Et vous voilà le bec dans l'eau !

CRÉTIN. Avec mes poulets que je comptais mettre au prochain concours. — Par bonheur, j'ai entendu parler avantageusement de votre entrepôt de canards, et je viens vous prier de me céder quelques-uns de ces merveilleux volatiles !

TOUS. Des volatiles !

CANARD Ier. Mais nous n'en tenons pas !

CRÉTIN. Ah! bah!

CANARD II. Nos canards ne sont pas de l'espèce animale.

CRÉTIN. Est-il possible !

CANARD IV. Eh! non, mon brave homme, ce que nous nommons canards, ce sont certaines découvertes, certains produits de l'industrie.

CRÉTIN. En vérité !... Ah! c'est une variété de l'espèce que je ne soupçonnais pas, et je serais enchanté d'en faire la connaissance.

CANARD IV. Vous arrivez à propos, car j'allais en présenter des échantillons à grand-père Canard. A moi, les inventions de l'année !

SCÈNE V.

LES MÊMES (*ouvriers portant différents objets*).

CANARD IV.

Air : *Chinois* (Paul Henrion).

Attention, s'il vous plaît,
Pour l'inventaire complet :
Des canards le chapelet
Me paraît assez replet.
Invention ou projet
Tous produits du plus beau jet
Vous allez voir chaque objet
Qui forme notre budget.

(*Montrant une corbeille qui contient des boules.*)

Voici des boules pyrophiles
Qu'on vient d'inventer depuis peu,
Pour éteindre le meilleur feu
Découverte des plus utiles.

(*Montrant un chapeau.*)

Ce chapeau que son inventeur
Vend quinze francs, quelquefois douze,
C'est le chapeau ventilateur
Le castor-à-ventouse.

(*Parlé*). Grâce à ce procédé le chapeau reste toujours frais! ça lui évite les inconvénients de la transpiration (à Crétin). Essayez-moi ça ! (*Il lui place le chapeau sur la tête; aussitôt les ventilateurs du chapeau s'agitent.*)

CRÉTIN. Ah! comme ça souffle!... on doit s'enrhumer du cerveau !

CANARD IV. Ça évite la transpiration !

(*Montrant un autre objet*).

Voyez ce petit paquet,
Au parfum le plus coquet.

Voulez-vous savoir ce qu'est
Ce joli petit paquet?
Ce produit qu'on remarqua,
Auquel nul ne dit : Racca!
Le rival du Tapioca,
C'est le merveilleux choca!

CANARD Ier, *parlé*. Cho'qui?

CANARD II. Cho'quoi?

CRÉTIN. Cho' qu'est-ce?

CANARD IV. Cho'ca! une composition déjeûnatoire, moitié cacao et moitié poussier de mottes.

CRÉTIN. Ça doit être bien bon! j'en achèterai!

CANARD IV (*montrant un fusil*).

De cette arme vraiment magique
Admirez, messieurs, l'appareil;
C'est un instrument sans pareil
Le fusil de chasse à musique.
Quand le chasseur est aux abois
Il calme son impatience
Et lui joue au milieu des bois
Des airs de circonstance.

(*Parlé.*) Vous partez le matin votre fusil sous le bras... vous pressez un ressort, et crac!... (*Le fusil exécute l'air: chasseur diligent, quelle ardeur te dévore.*) Arrivé dans le bois de Vincennes, le chasseur voit passer une compagnie de perdreaux, il tire d'dans... manqué! Soudain le fusil entame... (*Le fusil joue l'air : Tu n'auras pas petit polisson, etc.*) Enfin, épuisé de fatigue, le chasseur regagne son ménage, et tout le long du chemin son fusil lui serine aux oreilles. (*Le fusil joue l'air : Cocu, cocu, mon père.*)

CRÉTIN (*chantant*).

Cocu, cocu, mon père.

TOUS. Bravo! bravo!

Reprise ensemble.

Cet inventaire complet
Et nous amuse et nous plaît

De canards quel chapelet!
Rien vraiment n'est plus complet!
Toutes ces inventions
Toutes ces productions
Ont notre approbation
Et notre admiration!

CRÉTIN. Ah! mais c'est charmant! merveilleux!.. j'adore vos canards!

CANARD Ier. Oui, oui... tout cela n'est pas mal... mais est-ce que tu n'as rien de mieux à m'offrir pour ma fête?

CANARD IV. Pour votre fête, grand papa, je vous ai ménagé une surprise... vous assisterez ce soir à l'ascension du fameux ballon de l'Hippodrome.

CANARD Ier. Le ballon de l'Hippodrome?

CANARD IV. Un canard monstre, qui lui-même doit enlever le plus beau canard de l'année... Et c'est vous, comme doyen de la famille, qui désignerez le vainqueur.

CANARD Ier. Mais pour choisir parmi tes canards, il faudrait les connaître, le suivre dans Paris, et je n'ai plus mes jambes de vingt ans!

CANARD IV. Eh! bien! je vais les passer en revue et les envoyer à l'Hippodrome où je vous donne à tous rendez-vous!

CRÉTIN. Ah! jeune homme! permettez-moi de vous accompagner.

CANARD IV. Bien volontiers! vous payerez les voitures... Partons!

CRÉTIN. Partons!

CHOEUR.

AIR : *Les canards l'ont bien passée.*

Vite en route
En route! (*bis*),
Et de toutes parts
Le long de la route
Nous allons trouver sans doute
Des canards!

(*Tout le monde sort. Le rideau baisse.*)

ACTE DEUXIÈME.

Le château des fleurs.

SCÈNE I.

CANARD IV, CRÉTIN, puis MARCHANDS DE L'EXPOSITION DES FRUITS.

CANARD IV (*entrant le premier*). Par ici, flâneur, par ici!

CRÉTIN (*arrivant chargé de toutes sortes d'objets chinois, de prospectus, d'affiches, d'un parapluie*). Un instant!... c'est que je suis un peu chargé.. Cristi! m'en ont-ils flanqué de ces canards!

AIR : *De l'Écu de six francs.*

À chaque coin, chaque passage,
C'est à qui m'en mettrait sur l'dos;
D'abord le bazar du voyage
M'encombra de tous ces biblots,
Produits chinois, ostrogoths et magots!
Puis l'industrie et le commerce
M'inondèrent de prospectus,
Et ce parapluie-omnibus
Est venu compléter l'averse!

Maintenant on prend des parapluies à l'heure... comme les fiacres!

CANARD IV. Et plus tard nous aurons les soques omnibus... attendu que les rhumes de cerveau s'attrapent aussi bien par les pieds que par l'occiput.

CRÉTIN. Ah ça, mais dites-moi donc où sommes-nous ici?

CANARD IV. Au Château des Fleurs.

CRÉTIN. Ça le Château des Fleurs?... Mais je ne vois que des fruits.

CANARD IV. Vous n'avez donc pas remarqué à la porte ces deux pots de giroflée?

CRÉTIN. Si fait!... même que ça m'a rappelé mon premier sentiment, une blanchisseuse de Brives... la Gaillarde!.. mais à part ça, je n'aperçois aucune plante exotique. Oh! la belle pomme... j'ai envie de me l'adjuger.

CANARD IV. Arrêtez!... c'est ici comme à l'Odéon... regardez, mais ne touchez pas!

CRÉTIN. Mais je trouve ça très-mauvais! Ah ça pourquoi donc cette profusion de céréales?

CANARD IV. Parce que c'est ici qu'a lieu l'exposition des fruits.

CRÉTIN. L'exposition?...

CANARD IV. Eh! oui, un canard qui a paru dans tous les journaux. « Une prime sera accordée au plus beau végétal de l'année. »

CRÉTIN. Ah! bon!... on appelle ce jardin le Château des Fleurs, parce qu'on y voit que...

CANARD IV. Justement!... Eh! tenez, j'aperçois tous les exposants! (*Deux hommes entrent portant un pied de vigne, auquel est suspendue une grappe de raisin monstrueuse. Un troisième pousse devant lui un melon colossal. Un autre porte une énorme botte d'asperges. Enfin, un dernier porte une carotte phénoménale*).

Ier EXPOSANT (*criant*). Ma belle botte d'asperges!

IIe EXPOSANT (*de même*). Beau m'li! Beau m'lon à la coupe et au godt!

IIIe EXPOSANT (*criant*). Des choux, des navets, des carottes!

CRÉTIN. Ah! les belles asperges!... Oh! voilà un fameux cantaloup... Depuis le chou colossal, je n'ai rien vu de pareil à ce cantaloup-ci!

CANARD IV. Un échantillon de la vigne modèle!... résultat obtenu à l'aide d'engrais extraordinaires?... avec une seule grappe on pourra confectionner une pièce de vin!

CRÉTIN. Oh! saperlotte! quelle carotte de longueur... Décidément je donne la pomme à la carotte! (*Reprise des cris. Les Exposants sortent au même instant. On entend des voix chantant avec accompagnement de guitare.*)

Guerre aux tyrans!
Jamais en France...

CRÉTIN. Quels sont ces sons?

CANARD IV. Encore du nouveau qui nous arrive... Attention!

SCÈNE II.

LES MÊMES, LES CHANTEURS DES CHAMPS-ÉLYSÉES. (*Trois hommes, dont l'un porte une basse, l'autre un violon et le troisième une clarinette. Les trois femmes sont mises comme les chanteuses du café Morel.*)

LES CHANTEURS.

Guerre aux tyrans!
Jamais, jamais en France,
Jamais l'Anglais ne règnera.
Non!
Jamais en France.
Non!

(*Ils s'arrêtent tout à coup!*)

LA CHANTEUSE. Ne nous éreintons pas... nous chanterons la fin tout à l'heure...

CRÉTIN. Quels sont ces virtuoses en uniforme?

LA CHANTEUSE. Qui nous sommes?.. vous n'êtes donc pas allés aux Champs-Élysées?... Vous n'avez donc pas vu nos kiosques élégants?

CRÉTIN. Ah! bon... c'est vous qui braillez dans ces petits pigeonniers que j'ai aperçus tout à l'heure!

LA CHANTEUSE. Précisément!... nous sommes les chanteurs en plein vent du café Morel.

CANARD IV. Le canard chanteur... à l'usage des limonadiers pour faire chanter les passants.

LA CHANTEUSE. Ou, autrement dit, pour pousser à la consommation...

AIR : *Vite, Marie, à ma toilette.*

Oui nos chants des Champs-Élysées
Le soir animent nos échos,
Et syrènes aux risées
Nous attirons bien des badauds!
Voulez-vous des rondeaux,
Des solos
Ou des duos,
Des grands airs ou des trios?
Pour vous plaire on chantera,
On crira
Comme à l'Opéra!

(*Ils reprennent très-fort.*)

Non, jamais en France
Jamais l'Anglais ne règnera!

LA CHANTEUSE (*continuant*).

Oui, pour le prix d'une limonade,
D'un simple chopp' ou d'un sorbet,
Vous aurez une sérénade,
Un concert au grand complet!

TOUS.

Oui, pour le prix d'une limonade, etc.

CRÉTIN. Et tout ça en plein vent!

CANARD IV. Au soleil et à la pluie!

LA CHANTEUSE. Et tout cela chanté par des artistes de premier ordre. Notre basse arrive des Pays-Bas; notre chanteuse de grands airs de Buenos-Ayres... et notre premier ténor du grand théâtre de Cracovie!

CRÉTIN. Quelle craque!

LA CHANTEUSE. Ce gaillard-là possède une voix... il a un do dans la poitrine...

CRÉTIN. Vraiment?

LA CHANTEUSE (au Chanteur). Gueulardini, montrez votre do! (le Chanteur se tourne). Mais non, pas celui-là... l'autre!

LE CHANTEUR (solfiant) Do, ré, mi, fa, sol, la, si, do, do, do!

LA CHANTEUSE. Hein! quel do!

CRÉTIN. Quel si!

LA CHANTEUSE. Recommencez!

CRÉTIN. Non, restons-en là, l'ami! Il me fait l'effet d'être un peu enroué...

CANARD IV. Ah!... des chanteurs en plein vent, ils sont toujours entre deux airs.

LA CHANTEUSE. J'enfonce Duprez... Madame que voilà... notre premier soprano... enfonce la Persiani... quant à moi... je suis la reine de la chansonnette... je joue l'emploi des titis en chef et sans partage! j'enfonce Levassor et Déjazet!

CRÉTIN. Il paraît que vous enfoncez tout le monde!

LA CHANTEUSE. Même le public, qui, à force d'entendre chanter, s'en va désenchanté... Mais le tour est joué, la bière est consommée et le canard a fait sa recette... Allons, chaud!... la fin du chœur patriotique! et de l'ensemble.

TOUS (achevant l'air).

Non, jamais en France,
Jamais l'Anglais ne régnera!
Non!
Sur l'air du tra la... la!
Sur l'air du tradérira
La la!

(Ils sortent.)

SCÈNE III.

LES MÊMES. VERLUISANT.

VERLUISANT. Gare les taches! gare l'huile!

CRÉTIN. Ah! saperlotte! qu'est-ce que je vois là?

VERLUISANT. N'ayez pas peur... c'est moi, Verluisant, illuminateur général des bals publics.

CANARD IV. Un des Canards monstres de 1847.

CRÉTIN. Ah! bon! avec vos lanternes de couleur, je vous prenais pour un omnibus.

VERLUISANT.

AIR : *Et voilà papa.*

Avec ça j'éclaire
Tous nos bals d'été
Et ce luminaire
Est très-bien porté;
C'est une manie,
Une maladie,
On n'voit plus, d'honneur,
Que verr' de couleur.

Deuxième couplet.

C'est, je le répète,
Le goût général,
Bientôt la toilette,
Pour aller au bal,
D'une verr' les frogbotes,
Mettra sur sa robe,
Au lieu d'une fleur,
Un verr' de couleur.

Troisième couplet.

Partout on en sème,
Comme au Diorama,
Et grâce au système
De ces endroits-là,
Les robes légères,
Les femmes, les verres,
On montr'ut aux danseurs
De tout's les couleurs (ter).

CRÉTIN. Et quels sont les lieux que vous illuminez?

VERLUISANT. On me doit l'éclairage de la Grande-Chaumière, du Delta, de Mabille, des fêtes chinoises du Château-Rouge... (A Crétin.) Avez-vous été au Château-Rouge?

CRÉTIN. Jamais!

VERLUISANT. Tant pis pour vous! c'est beau, c'est féerique!... les palais des Mille et une Nuits ne sont qu'une chambre noire en comparaison... cinquante mille trois cent quatre lanternes de couleur, monsieur!

CRÉTIN. Cinquante mille trois cents?...

VERLUISANT. Quatre! tout autant!... Et mon bal Mabille donc! Connaissez-vous mon bal Mabille?

CRÉTIN. Pas davantage.

VERLUISANT. C'est encore plus flamboyant; huit cent mille jets de gaz, Monsieur!

CRÉTIN. Huit cent mille jets de gaz!

CANARD IV. Huit cent mille sur l'affiche, huit cents dans le jardin.

VERLUISANT. Comptez si vous pouvez!

CRÉTIN. Au fait, on a raison de mettre du gaz.. je me suis laissé dire que dans ces sortes d'établissements il n'était pas superflu de gazer un peu.

VERLUISANT. Ou gaze beaucoup... dans l'éclairage!

CRÉTIN. Et dans la danse?

VERLUISANT.

AIR : *Un homme pour faire un tableau.*

Chez nous, et dimanche et jeudi,
On pousse loin la gymnastique,
Et nous devons à Brididi
Un nouvel art chorégraphique.
On ne fait plus rien à moitié,
La danseuse la plus ingambe
Jadis ne levait que le pied,
Maintenant on lève la jambe!

CRÉTIN. La jambe!... comment ces dames?..

CANARD IV. C'est du meilleur genre!.. au lieu du bras la danseuse pose gracieusement la jambe sur l'épaule du danseur.

CRÉTIN. Et tout ça éclairé au gaz?...

VERLUISANT. Oui, Monsieur... le gaz est à la mode, c'est le besoin, le cri de ce siècle de lumières... Du gaz! du gaz! et encore du gaz! chacun en veut, chacun en demande... on en nuet dans les bals, dans les concerts, dans les boutiques... on en fourre jusque dans les enseignes.

CRÉTIN. Ah! bah! dans les enseignes aussi?

VERLUISANT. N'avez-vous point remarqué celle de M. Filoselle?

CRÉTIN. M. Filoselle?

CANARD IV. Un fabricant de cachemires des Indes du boulevart Montmartre.

VERLUISANT. Un négociant des plus éclairés, qui a eu l'ingénieuse idée de faire écrire son nom avec des becs de gaz!

AIR: *Qu'il est flatteur d'épouser.*

Devant ce brûlant éclairage
Le passant s'arrête ébloui;
Pour monter au premier étage
A peine voit-il devant lui.
Là, de confiance il admire
Les shalls étalés en ce lieu,
Si bien que dans le cachemire
L'acheteur ne voit que du feu!

CRÉTIN. Je comprends... c'est très-adroit!

VERLUISANT. Mais pardon, on m'attend pour l'illumination du ballon...(*Il reprend la fin du couplet d'entrée.*)

C'est une manie,
Une maladie,
On n'voit plus d'honneur
Que vert de couleur.

Gare les taches!... gare l'huile! (*Il sort. Aussitôt on entend un grand bruit en dehors.*)

CRÉTIN. Ah! mon Dieu! quelle foule!... quel rassemblement!

SCÈNE IV.

LES MÊMES, LA RUE SAINT-DENIS, LA RUE MAZAGRAN, LA RUE AUX OURS, LA RUE DE LA BOULE-ROUGE, LA RUE BLEUE, *puis* LA CITÉ BERGÈRE, LA CITÉ VINDÉ, LA CITÉ TRÉVISE, LA CITÉ BOUFFLERS, LE PASSAGE DU GRAND-CERF, LE PASSAGE DU SAUMON, LE PASSAGE VÉRO-DODAT ET LE PASSAGE DU CAIRE.

LES RUES.

AIR: *Il faut quitter* (Aline).

Ah! c'en est fait toutes les rues
Un jour hélas seront perdues;
Mais ici nous réclamerons,
En masse nous nous défendrons
Et bientôt nous l'emporterons.

LES CITÉS ET LES PASSAGES (*entrant ensemble*).

Place, honneur à tous les passages,
Du public ils ont les suffrages,
Malgré vos cris et vos affronts,
Nous vivrons, nous nous maintiendrons,
Et sur vous nous l'emporterons.

CANARD IV. Comment les rues, les passages, les cités... (*Allant de l'une à l'autre.*) La rue Saint-Denis!

CRÉTIN. La rue Saint-Denis!... comment se porte votre porte?

LA RUE SAINT-DENIS. Merci!... comme le Pont-Neuf!

CANARD IV. La rue aux Ours.

LA RUE AUX OURS. Avantageusement connue pour son commerce de fourrures.

CANARD IV. La rue Bleue, la rue Mazagran... et cette bonne petite Boule-Rouge... je ne la reconnaissais pas!

LA BOULE-ROUGE. C'est que j'ai fait toilette depuis quelque temps.

CANARD IV. Et puis les cités Bergère... Trévise... le passage du Saumon... Le passage Véro-Dodat... Tiens... un de plus! Le passage du Grand-Cerf!

CRÉTIN. Ah ça, mais pourquoi criiez-vous tant tout à l'heure?

Ensemble.

LES RUES. Figurez-vous, messieurs, que ce soat les Passages qui veulent nous renverser.

LES PASSAGES. Figurez-vous, messieurs, que ce sont les Rues qui nous cherchent querelle.

CRÉTIN. Assez!... assez!...

CANARD IV. Ne parlez pas tous à la fois.

LA RUE MAZAGRAN. Je demande la parole!

LA RUE SAINT-DENIS. Du tout!... Elle m'appartient... à moi votre ancienne!

LE PASSAGE DU SAUMON. La rue Saint-Denis est trop longue!

TOUTES LES RUES. Silence!

LA RUE SAINT-DENIS. Voici le fait! (*D'un ton de harangue.*) Depuis les boulevarts...

LE PASSAGE VÉRO-DODAT. Ah! si elle commence aux boulevarts...

LA RUE SAINT-DENIS. Depuis les...

LE PASSAGE DU SAUMON. Aboutissez! aboutissez!

LA RUE SAINT-DENIS. Je vais tout droit! Vous voyez en nous une députation des rues de Paris... La rue aux Ours, la seconde à droite; la rue Mazagran, première à gauche.

TOUS. Au but!... au but!...

LE PASSAGE DU SAUMON. Pas tant de détours!

LE PASSAGE VÉRO-DODAT. Ses discours sont comme une impasse.

LE PASSAGE DU GRAND-CERF. On s'y perd comme dans un carrefour.

LA RUE SAINT-DENIS. Nous venons réclamer au nom de toutes nos sœurs contre les envahissements, agrandissements, empiétements et élargissements des passages.

LES RUES. Oui! oui!

CANARD IV. Ah! bon, la fameuse querelle des rues contre les passages!

LA RUE SAINT-DENIS.

AIR: *Ces Postillons.*

A chaque instant nous sommes traversées,

LA BOULE-ROUGE. Ce sont toujours des passages nouveaux,

LA RUE SAINT-DENIS.
Par les piétons maintenant délaissées,
Nous ne voyons que des chiens, des chevaux,
D'affreux baquets et de lourds tombereaux.

LA RUE AUX OURS.
Nos pratiques sont disparues.

LA RUE MAZAGRAN.
Tout casuel nous est enlevé,

LA RUE SAINT-DENIS (aux passages).
Et grâce à vous, tyrans, bientôt les rues
Seront sur le pavé.

C'est-à-dire que nous sommes toutes dans la consternation. La rue du Jour n'en dort pas de la nuit.

LA BOULE-ROUGE. La rue du Paon en est comme un coq!

LA RUE AUX OURS. La rue de l'Arbre-Sec en sèche sur pied!

LA RUE MAZAGRAN. La rue d'Enfer fait le diable.

LA RUE BLEUE. La rue Jean-Pain-Mollet en devient comme une flûte!

LA BOULE-ROUGE. La rue des Ballets en est comme un crin!

LA RUE SAINT-DENIS. Et la rue du Grand-Hurleur en pousse des hurlements!

LE PASSAGE DU SAUMON. Allons, voilà que vous montez comme la rue Meslay.

LE PASSAGE VÉRO-DODAT. Que diable! Autrefois nous étions bons amis!

LA RUE SAINT-DENIS. Autrefois, c'est possible!... Les anciens passages ne nous faisaient pas le tort d'aujourd'hui. Mon voisin, le passage du Caire... où il n'y a que des imprimeurs... on n'y voit jamais personne!... Le passage du Ponceau passe encore... mais ces satanés passages d'à présent, Vivienne, Verdeau, de l'Opéra.. La foule s'y porte...

LE PASSAGE DU SAUMON. Parbleu! nous abritons les piétons.

LE PASSAGE VÉRO-DODAT. Notre dalle vaut mieux que vos trottoirs crottés!

LA RUE SAINT-DENIS (le regardant avec mépris). Charcutier!

LE PASSAGE VÉRO-DODAT. Harengère!

LE PASSAGE DU SAUMON. On voit bien que vous mettez les pieds à la Halle!...

LA RUE SAINT-DENIS. Qu'est-ce que c'est?... Va donc, gringalet, avec tes chapeaux fanés et tes modistes idem.

LE PASSAGE DU SAUMON. M'insulter!...moi!

AIR : *Du Verre.*

Dans Paris je suis en renom,
Et malgré vous je le présage,
Oui le passage du Saumon,
Dans l'histoire aura son passage
J'ai vu fleurir à mes côtés
Deux noms que la gloire signale,
Le grand Lesage et ses pâtés
Et feu le Rocher de Cancale!

LA RUE SAINT-DENIS. Mais ce n'est pas tout, messieurs... savez-vous la tuile qui nous attend?

CRÉTIN. Qu'y a-t-il encore?

LA RUE SAINT-DENIS. Voilà qu'on parle d'établir un passage monstre qui doit unir les boulevarts à la place du Châtelet.

CRÉTIN. Est-il possible!

LA BOULE-ROUGE. Un passage qui aura cinq mille toises de long!

LA RUE AUX OURS. Un passage qui coûtera cinquante millions!

LA RUE MAZAGRAN. Un passage ayant un petit chemin de fer avec embranchements sur les principales boutiques.

LA RUE SAINT-DENIS Un passage enfin qui menace de devenir plus célèbre que le passage de la mer Rouge!

CANARD IV. Les millions des actionnaires pourront bien y passer.

LA RUE BLEUE. Et nous souffririons cela?..

TOUTES. Jamais!... Guerre aux passages!

TOUS. Guerre! guerre!

LA RUE MAZAGRAN (revenant du fond. Bonne nouvelle!.. bonne nouvelle!

LA RUE SAINT-DENIS Bonne nouvelle... elle soit ça de son quartier!

LA RUE MAZAGRAN. Voici du renfort qui nous arrive.

LA RUE SAINT-DENIS. Qui donc?

LA RUE DE LA PAIX (entrant). La rue de la Paix!

TOUTES. La rue de la Paix!

LA RUE DE LA PAIX.

AIR : *De la Colonne.*

Aux boulevarts je pris naissance
Le lendemain d'un glorieux combat,
Lorsque la paix, par sa douce influence,
Venait reposer le soldat!
On a voulu que ce nom me restât!
A l'étranger que notre gloire étonne,
Je redis aux anciens succès
Et je suis chère aux cœurs français,
Car je leur montre la colonne!

CRÉTIN. Ah! vous êtes la rue de la Paix? Est-il vrai que l'on va vous ôter le timbre?

LA RUE DE LA PAIX. Oui... on le transfère du côté de la Bourse.

CANARD IV. En effet... c'est dans le quartier de la Bourse que l'on doit trouver le plus de gens timbrés!

LA RUE SAINT-DENIS. Et vous venez pour nous soutenir?

LA RUE DE LA PAIX. Je viens pour vous calmer. Apprenez que ce nouveau passage qui vous effraye tant n'est qu'un canard.

CANARD IV. C'est ma foi vrai!

LES RUES. N'importe, guerre aux passages!

LA RUE DE LA PAIX. Apaisez-vous, mesdames, à entendre un pareil bruit... on se croirait au chemin de fer de la rue Saint-Lazare.

SCÈNE V.

LES MÊMES, M. L'ÉCHAUDÉ.

L'ÉCHAUDÉ (*entrant brusquement*). La rue Saint-Lazare!.. qu'est-ce qui a parlé de la rue Saint-Lazare?

LA RUE SAINT-DENIS. Mais cet homme est furieux!

L'ÉCHAUDÉ. J'exècre la rue Saint-Lazare... ses tenants et ses aboutissants...

LA RUE SAINT-DENIS. C'est un ennemi des rues... sauvons-nous! (*Les Rues, les Passages et les Cités se sauvent.*)

CRÉTIN. Ah ça, monsieur, qu'est-ce que cette malheureuse rue Saint-Lazare vous a donc fait?

L'ÉCHAUDÉ. Ce qu'elle m'a fait?.. n'est-ce pas rue Saint-Lazare qu'est le chemin de fer du Havre?.. n'est-ce pas de la rue Saint-Lazare que partent les trains de plaisir?

CRÉTIN. Ah! ces fameux trains qui ont fait tant de train...

L'ÉCHAUDÉ. Et grâce auxquels je suis dans le pétrin!

CANARD IV. Une des plus jolies inventions de l'année.

L'ÉCHAUDÉ. Le pouf le plus monstrueux... la blague la mieux conditionnée...

CRÉTIN. Vraiment?

L'ÉCHAUDÉ. Monsieur, vous dit-on, voulez-vous voir la mer et ses poissons?... faire une promenade en mer... prendre un bain de mer?

CRÉTIN. Dam... j'avoue que ça me plairait assez!

L'ÉCHAUDÉ. Vite!... prenez le train de plaisir... il vous mènera au Havre et vous ramènera pour la bagatelle de vingt francs!

CRÉTIN. Oh! c'est charmant! vingt francs de voyage, autant pour le séjour, voilà deux napoléons bien employés!

L'ÉCHAUDÉ. J'ai fait comme vous ce raisonnement de crétin!...

CRÉTIN. Monsieur!

L'ÉCHAUDÉ. J'ai pris une quarantaine de francs, un caleçon de bain tricolore, et je suis parti me promettant sur le bord de la mer un flot de jouissances.

CRÉTIN. Eh bien?...

L'ÉCHAUDÉ. Je suis bon enfant... mais si je tenais l'inventeur de cette abominable attrape. Écoutez! et jugez!

AIR : *De la Galopade.*

De ces trains de plaisir
Qu'à vos yeux le pouf se dévoile
Et puisse votre étoile
Vous garantir
De ce plaisir!
A l'heure du départ
Chacun court et se presse,
Dans une étroite caisse
On s'entasse au hasard.
D'humains petits et grands,

C'est une masse opaque,
On croirait dans leur casque
Voir de pauvres harengs!

J'étais serré!... serré!... à droite je serrais de traversin à un capitaine de cuirassiers avec son casque; à gauche, je fondais sous une nourrice... et son horrible moutard... un petit monstre qui braillait à fendre la butte Montmartre, et qui se conduisait... ah! le gueux! je jurais... je pestais, je voulais descendre.. j'avais des motifs pour descendre!.. impossible.. Il faut aller comme ça jusqu'au Havre... sept heures de marche!

Nous y voilà!
Mais là
Autre traverse
Il pleut à verse,
Où diriger ses pas?
Il est nuit et l'on n'y voit pas!
Par la ville et les quais
Je cours à perdre haleine,
Mais chaque auberge est pleine
De nouveaux débarqués!
Jusqu'aux os traversé
Je me trouve pour gîte
Qu'une affreuse guérite
Où je tombe harassé!

Oui, messieurs, une guérite, qu'on a eu la lâcheté de une faire payer quinze francs pour deux heures!

CRÉTIN. Quinze francs!

L'ÉCHAUDÉ. J'ai vu payer jusqu'à un louis une simple chaise pour le mari, la femme, l'enfant et le petit chien!

CRÉTIN. C'est abominable!

L'ÉCHAUDÉ. Et les vivres donc! un petit pain d'un sou : trois francs. Ah! quelle nuit, messieurs, quelle nuit!

Enfin le jour paraît
Mon cœur renaît
A l'espérance
Je m'élance
Et d'abord
Je prends ma course vers le port!
Voilà donc des vaisseaux
Aux mâtures légères!
Pauvre flotte d'Asnières
J'admirais les canots!
Du port à l'arsenal,
Des phares à la ville,
Partout touriste agile
Je cours comme un cheval!

Enfin je touche au but de mes désirs... l'heure du bain est arrivée! Enfoncé Deligny!.. il n'y a qu'un bain au monde... le bain de mer... et crac, je me plonge dans le sein d'Amphitrite... je fais ma planche... je nage dans un océan de délices, quand tout à coup, une cloche se fait entendre... c'est le signal du départ!

CRÉTIN. Ah! vous voilà pincé?...

L'ÉCHAUDÉ. Je jette mes hardes sous mon bras, mon manteau sur mes épaules... j'arrive haletant à la gare.. et je saute dans le wagon qui déjà se mettait en route.

CRÉTIN. Comment... en caleçon?...

L'ÉCHAUDÉ. Tricolore!.. Je serrais mon manteau de toutes mes forces craignant de trahir mon piteux état !... Enfin, nous arrivons, je me crois sauvé !.. mais hélas ! j'avais compté sans les gabelous qui écartent de force mon manteau suspect... à la clarté du gaz... et aux yeux de tout le convoi !.. Huit jours après j'étais condamné en police correctionnelle, pour tenue trop négligée, à un mois de prison.. et deux cents francs d'amende !

CRÉTIN. Deux cents francs !

L'ÉCHAUDÉ. Voilà les trains de plaisir !.. comprenez-vous mon exaspération ?

> Oui des trains de plaisir
> Qu'à vos yeux le poul se dévoile,
> Et puisse votre étoile
> Vous garantir
> De ce plaisir !

ENSEMBLE.

> Oui des trains, etc.

(L'Échaudé sort en répétant : C'est une horreur... une infamie ! Aussitôt un énorme flacon sort de terre.)

CRÉTIN *(effrayé)*. Ah ! qu'est-ce que c'est que ça ?

(On voit disparaître la liqueur du flacon et l'on aperçoit l'Éther, représenté par une femme. Aussitôt le flacon éclate et l'Éther en sort !)

SCÈNE VI.

LES MÊMES, L'ÉTHER.

L'ÉTHER.

AIR : *Du roi des régates.*

> De la science
> Présent bien cher,
> Que l'on m'encense,
> Je suis l'éther !
> Merveille (bis) !
> Dans tout Paris
> J'éveille
> Tous les esprits
> Plus d'arrogance,
> Mortel si fier !
> Courbe en silence
> Ton front de fer
> Sous ma puissance ;
> Je suis l'éther !

CRÉTIN. Eh ! quoi vous seriez ?..

L'ÉTHER. La vapeur d'éther... la découverte la plus vaporeuse de 1847.

CRÉTIN. La vapeur d'éther ! j'en ai ouï parler à Brives-la-Gaillarde.. Mais je vous l'avoue naïvement, j'ai pris ça pour un conte à dormir debout.

L'ÉTHER. Un conte !

CRÉTIN. Un conte... d'apothicaire !

L'ÉTHER. Malheureux ! oses-tu nier les merveilles de l'éther ?

CRÉTIN. Ne vous fâchez pas... je ne nie rien.. seulement je demande à être convaincu ; quels sont vos avantages ?

CANARD IV. Ils sont prodigieux !

CRÉTIN. Mon jeune cornac, je me méfie de vos paroles... consentez à les taire... en faveur de l'Éther.

L'ÉTHER. Je te l'ai dit, mon pouvoir est immense, ma simple aspiration suffit pour procurer aux hommes une insensibilité complète ..Toutes les souffrances de l'humanité viennent des nerfs, je supprime les nerfs !

CRÉTIN. Même les nerfs de bœuf ?

L'ÉTHER. Sans doute ! j'agis aussi sur les animaux.

CRÉTIN. Très-bien ! j'en ferai mon profit !

L'ÉTHER. Vous êtes dans la nécessité de subir une opération douloureuse... vous avez besoin de vous faire couper un bras ou une jambe...

CRÉTIN *(effrayé)*. Moi ! mais je n'ai besoin de me rien faire couper du tout.

CANARD IV. C'est une supposition !

L'ÉTHER. Vous vous faites éthériser par le chirurgien, il vous opère pendant votre sommeil, et vous avez l'avantage de vous trouver sans souffrance, manchot ou jambe de bois.

CRÉTIN. En vérité !.. c'est très-agréable !

L'ÉTHER. Autre exemple ! vous souffrez du mal de dents ?..

CANARD IV. Improprement appelé mal d'amour !

CRÉTIN. Pardon !.. je vous ferai observer que je suis une des meilleures mâchoires de Brives-la-Gaillarde !

L'ÉTHER. Je suppose toujours. Eh ! bien c'est encore le cas de vous faire éthériser.

AIR : *De Calpigi.*

> On peut alors se faire extraire
> Sans douleur, canine ou molaire,
> Et le client, tant il ronflait
> S'éveille, si cela lui plaît,
> Avec un ratelier complet.

CANARD IV.

> Pour vous quel avantage extrême !
> Et vous êtes à l'instant même,
> Non seulement éthérisé,
> Mais encore osanorisé.

CRÉTIN. Permettez, je n'ai pas beaucoup de confiance dans les dentistes... On m'a conté des choses...

AIR : *Ses œuvres complètes.*

> On m'a dit (je n'ose le croire,
> C'est peut-être un propos en l'air)
> Qu'en vous posant une mâchoire,
> On peut abuser de l'éther,
> Bref, si j'étais femme et jolie,
> Et qu'un dentiste m'éthérisât,
> Je voudrais qu'il ne m'opérât
> Que devant la gendarmerie !

L'ÉTHER. Allons donc ! si vous étiez femme, vous béniriez la puissance de l'éther. Écoutez : la scène se passe dans un ménage. La femme à son mari qui prend son chocolat du matin : *(Avec une petite voix.)* « Mon ami, je vais au bain. » Le mari avec une voix de basse-taille.

« Madame, on sait ce que ça veut dire! vous ne sortirez pas! » Vite, la femme prend un flacon d'éther, le place sous le nez de son tyran... le tyran s'endort, l'esclave s'échappe...

CANARD IV. Et pendant qu'elle se rend... au bain, le mari rêve que son épouse est couronnée rosière.

CRÉTIN. Ah! c'est délicieux! vive l'éther!

ENSEMBLE.

Air : *La clé, la clé!*

L'éther (bis)!
Vive l'éther!
Il vous inonde
En ce bas monde:
Il est dans l'air,
Il est dans l'onde.
Dans tout, partout, ce n'est qu'éther!

(*L'Ether sort, cris au dehors.*)

CRÉTIN. Des cris! encore une dispute?

CANARD IV. Rassurez-vous! je sais ce que c'est!

SCÈNE VII.

LES MÊMES, LA NORMANDE.

LA NORMANDE. Allais! allais! marchais... je n'vous craignons point.

CRÉTIN. Une paysanne! ah! quel bonnet!

LA NORMANDE. Salut la compagnie!

CANARD IV. C'est la marchande de cidre du boulevart.

LA NORMANDE. Employée de l'exploitation générale du cidre de Normandie.

CANARD IV. Une des nouveautés les plus piquantes de l'année.

CRÉTIN. Ah! fort bien! et vous êtes normande?

LA NORMANDE. C'te bêtise!... tout c'qui a d'plus normande.

Air : *Je vais revoir.*

Mon cidre et né de Normandie
Du pays d'Caux tout dret, j'venons,
Sur le boulevart j'm'suis établie
A côté du marchand d'marrons!
De mon cidre que l'on renomme
Cinq sous l' piché voilà le prix
A mon cidre on donn'ra la pomme,
Mon cidr' nouveau fait allais tout Paris.

TOUS.

A son cidre, etc.

LA NORMANDE. Faut voir comme la foule s'amasse devant ma boutique pour admirer mon grand bonnet...Tout le monde en est coiffé, da! aussi tous les passants qui passont, j'les fais arrêter!

CRÉTIN. Comment arrêter!

LA NORMANDE. Oui bien! on entre, on boit... et on est relâché!

CANARD IV. C'est une gaillarde futée qui fera son chemin.

LA NORMANDE. Oui.... oui.... allai.... marchai!

CRÉTIN. Ah ça! mais en arrivant ici vous vous disputiez! avec qui donc?

LA NORMANDE. Des malheureux que j'ai enfoncés, ruinés, culbutés, noyés! Des marchands de coco... Ils sont tous enragés après moi à cause que mon cidre a fait boire un bouillon à leur tisane.

CRÉTIN. Ça se comprend!

LA NORMANDE. Ah! dam... c'est que mon cidre n'est pas de la petite bierre! Il mousse, il petille comme du moët à cinq francs la bouteille Et il ne coûte que cinq sous!

CRÉTIN. Cinq sous! c'est pour rien! Et vous pouvez vous en retirer?

LA NORMANDE. Je crois bien que je m'en retire!

Air : *Courant de la brune à la blonde.*

Si je gagn' peu sur mon liquide,
Sur aut' chos' je gagn' des gros sous;
Et les amateurs du solide
Chez moi se donnent rendez-vous.
Je vends à la foule ébahie
Qui vient admirer mes tonneaux,
Et mes tonneaux
Et mes petits pots!

(*Parlé*). Je vends du saucisson d'Arles, du jambon de Lyon, des truffes d'Agen, des terrines de Nérac, des pâtés d'Amiens, des andouilles de Troies, de la moutarde de Dijon, du nougat de Marseille, du fromage de Roquefort, du cotignac d'Orléans, du pain d'épices de Rheins, des bonbons, des cornichons, des pieds de cochon, du petit salé, des poires tapées, des pommes de terre frites, des crêpes comme sur sur le Pont-Neuf et des gigots!...

Et mon cidre de Normandie
Fait tout avaler aux badauds!

CRÉTIN. Ah ça! mais votre boutique de cidre, c'est la boutique Je Cheret!

LA NORMANDE. Mieux que la boutique de Cheret.

CRÉTIN. Mais dites-moi donc la cauchoise... vous ne parlez plus patois... vous n'êtes donc pas Normande?

LA NORMANDE. Moi! je suis née rue Quincampoit!

CRÉTIN. Ah! normande de parisienne!

LA NORMANDE. Le bonnet, le patois, tout ça c'est pour faire mousser mon cidre. C'est comme les algériennes de la rue de Cléry, les laitières suisses de l'hiver dernier... ça se fabrique à Paris.

CRÉTIN. Farceuse, va!

LA NORMANDE. Faut bien faire un peu d'esbroufe! Nous avons déjà des dépôts dans différents quartiers. Mon cidre inondera la capitale, la France, l'univers et la banlieue!

CRÉTIN. Mais au moins votre cidre est-il normand?

LA NORMANDE (*lui en versant*). Certainement!... voyez plutôt! Prenez, prenez!... Vous ne le garderez pas longtemps!

ENSEMBLE.

Ah! vraiment!
C'est charmant!
Pour le croire venez en foule,
C'est du cidre qui coule
De son pré d'grès
Il est tout frais.

(La Normande sort.)

CRÉTIN *(qui en a bu)*. Mais c'est du vinaigre!... et on appelle ça l'exploitation du cidre... mais c'est l'exploitation du parisien!

CANARD IV. Eh! sans doute... C'est encore un canard!   *(Ritournelle.)*

SCÈNE · VIII.

LES MÊMES, QUATRE ÉCUYÈRES.

PREMIÈRE ÉCUYÈRE.

Air : Des armes du Diable.

Nous arrivons de l'Hippodrome
Au grand trot!
L'Hippodrome c'est le royaume
Du galop!
Nous en sommes les souveraines,
Il faut voir
Comme nous manions les rênes
Du pouvoir!
A nos sujets lâchant la bride,
Sans frémir,
Nous galoppons ayant pour guide
Le plaisir!
Place à nos ébats,
Nos jeux, nos combats,
Pour nous point d'obstacles,
Pour voir nos miracles,
Venez, venez tous,
Ça ne coûte que vingt sous!

TOUTES LES QUATRE.

Place à nos ébats, etc.

CRÉTIN. En vérité!... vingt sous!... pas davantage!

PREMIÈRE ÉCUYÈRE. Oui, mon cher Monsieur, les Chars romains, les Guides de Murat, vingt sous!... Le Camp du drap d'or, vingt sous!

CRÉTIN. Ah! oui... le Camp du drap d'or... ce terrible combat où tant de guerriers restaient étendus sur la place du Carousel.

PREMIÈRE ÉCUYÈRE. Ce fameux tournoi qui nous en a tant rapporté de livres... tournois... vingt sous!

DEUXIÈME ÉCUYÈRE. Une chasse superbe... où le cerf poursuit la meute, vingt sous!

CRÉTIN. Oui... oui... j'ai entendu parler de ce cerf qui courait si vite qu'il avait l'air de voler...

DEUXIÈME ÉCUYÈRE. C'était un cerf volant!

TROISIÈME ÉCUYÈRE. Des écuyères qui caracolent en souriant... vingt sous!

PREMIÈRE ÉCUYÈRE. Et leurs jupons qui font la grande voltige... vingt sous!

CRÉTIN. Tout ça... tout ça pour vingt sous! Ah! ma foi ce n'est pas cher!

CANARD IV. En voilà des gaillardes qui entendent le canard!

CRÉTIN. Oh!... mais maintenant je reconnais ces charmantes personnes pour les avoir vues affichées sur les murs de la capitale... Ce sont des femmes qui s'affichent!... même que ça me rappelle une chose effrayante, toujours sur la même affiche... un certain pont cassé... avec des cavaliers qui sautent...

PREMIÈRE ÉCUYÈRE. Ah!... le Pont de la Croix de Berny.

CRÉTIN.

Air : Du calife de Bagdad.

Un casse-cou!... c'est effroyable!
Pour un exercice semblable
Qu'on trouve des chevaux, très bien!
Mais des humains!... je n'y conçois rien!
Le plus grand sot la chose est claire
N'est pas le saut que l'on doit faire;
Le vrai sot, je le dis bien haut,
Est le sot qui risque le saut!
Oui, c'est le sot qui fait le saut!

PREMIÈRE ÉCUYÈRE. Ah! voilà bien les discours de ces êtres volages et capons appelés des hommes!

CRÉTIN *(avec fierté)*. Comment!

PREMIÈRE ÉCUYÈRE. Oui, Crétin, je le dis à la honte de ton sexe, l'Hippodrome s'est vu sur le point de renoncer à un divertissement qui remplissait sa caisse, sous le vain prétexte que c'était un jeu à se casser le cou!

CRÉTIN. Dam... ce raisonnement n'est pas sans raison!

DEUXIÈME ÉCUYÈRE. Le fait est que les deux tiers de nos écuyers étaient fourbus, couronnés, hors de service... et que le troisième refusait!

CRÉTIN. Lui pas bête!

PREMIÈRE ÉCUYÈRE. Alors nous sommes venues nous les écuyères...

DEUXIÈME ÉCUYÈRE. Les femmes...

TROISIÈME ÉCUYÈRE. Le sexe fort et hardi!

PREMIÈRE ÉCUYÈRE. Et en avant... au triple galop... hop! hop!... nous avons sauté le pas... devant 15000 francs de recette... et au bruit des houras de la salle!

REPRISE DU CHOEUR.

Place à nos ébats. etc., etc.

UN CRIEUR *(accourant)*. Voilà ce qui vient de paraître... la grande liste des canards pour 1848! Deux sous!

CANARD IV. C'est la liste que j'ai fait imprimer.

CRÉTIN. Et ça ne coûte que deux sous? Ce n'est pas la peine de s'en passer... Eh! l'ami!... *(Il va acheter une liste.)*

CANARD IV *(s'approchant du public)*. C'est deux sous pour les imbéciles, mais pour vous, Messieurs, permettez-moi de vous en offrir gratis un petit exemplaire. *(Levant la tête et criant).* Envoyez le canard!

(On baisse le rideau d'annonces).

ACTE TROISIÈME.

PREMIER TABLEAU.

Le palais de la Réclame.

SCÈNE I.

L'ANNONCE, LA BLAGUE, LE PROGRAM-
ME, CANARD IV, CRÉTIN. (*Au lever du
rideau, la Blague, le Programme et l'Annonce sont assis à une table et écrivent.*)

CRÉTIN (*entrant à la suite de Canard IV*).
Ah ça où diable me conduisez-vous?

CANARD IV. Chez une de mes parentes, la
reine du jour, la puissance de l'époque, en un
mot chez la Réclame!

CRÉTIN. Ah! c'est ici chez la Réclame! Et
ces trois personnes qui écrivent avec tant d'ac-
tivité?...

CANARD IV. Ce sont les trois secrétaires de la
Réclame, le Programme, l'Annonce et la Blague.

CRÉTIN. Mais la déesse du lieu, ne pouvons-
nous la voir?...

CANARD IV. Justement la voici!

(*Les trois secrétaires se lèvent à l'entrée de
la Réclame qui arrive fièrement la trompette
à la main.*)

SCÈNE II.

LES MÊMES, LA RÉCLAME.

LA RÉCLAME.

Air : (*d'Icarios*).

Taratata!.. au son de ma trompette
Accourez tous, messieurs, dans ce palais!
Je distribue à quiconque l'achète
Et renommée et louange et succès
    Taratata.
    A ce son là
Pièce entreprise à l'instant moussera
    Taratata,
    On me croira,
A l'hameçon le badaud se prendra!
    Taratata!
Aussi longtemps que le monde vivra
    Taratata!
Toujours! toujours mon pouvoir régnera.
    Je suis la réclame
    Et dans tout Paris
    C'est moi qui proclame
    La gloire à tout prix,
    Je prône sans cesse :
    Hier je dénonçais
    La jeune vieillesse
    Comme un grand succès;
    Taratata!
    Jugez d'après cela
    Jusqu'où mon pouvoir va!

Taratata!.. au son de ma trompette
    Etc., etc., etc...

(*S'adressant à Canard IV*). Bonjour, cousin!

CANARD IV. Cousine, j'ai l'honneur de vous
présenter un de mes protégés, M. Crétin de Brives-la-Gaillarde.

LA RÉCLAME. Soyez le bien venu, mon cher,
tout le monde est bien accueilli dans le palais de
la Réclame!

CRÉTIN, *qui a salué*. Quel riche costume!

LA RÉCLAME. Doré sur tranche!

CANARD IV. Par le procédé Ruolz...

LA RÉCLAME. Dont j'ai fait la réputation!

CRÉTIN. Et comme vous êtes bien logée!...
Vous devez avoir cher de loyer!

LA RÉCLAME. Oh! je suis si bien rétribuée!..
On m'accable de cadeaux... on se charge d'ali-
menter, d'entretenir mon coffre-fort, mes éta-
gères et même ma table!

CRÉTIN. Vous recevez aussi des provisions de
bouche?

LA RÉCLAME. Histoire de me délier la langue. Ce matin encore le Théâtre-Français m'en-
voyait un superbe turbot.

CRÉTIN. Un turbot!

LA RÉCLAME. Et ce poisson là ne m'a coûté
que deux lignes.

CANARD IV. Un petit entre-filet.

LA RÉCLAME. De plus, l'Opéra Buffa, pour
me remercier d'avoir fait mousser les débuts de
l'Alboni, m'adressait un délicieux pâté!

CRÉTIN. Ah! oui... Le pâté des Italiens! et
le public donne dans ces godans-là?

LA RÉCLAME. Certainement! et tenez, vous,
monsieur Crétin, qui ne me paraissez pas bien
fort!.. Moyennant une légère rétribution vous
pourriez devenir sous ma plume un Voltaire ou
un Rousseau.

CRÉTIN. Permettez!... Je m'occupe d'animaux et je préférerais devenir un Buffon.

LA RÉCLAME. Rien de plus facile. La Réclame peut tout ce qu'elle veut... On la croit sur
parole.

Air : *De l'actrice en voyage.*

On croit à mes programmes,
Pour tous j'ai des appas,
Et contre mes réclames
On ne réclame pas!
Moyennant une somme,
Je puis, dictant ma loi,
D'un sot faire un grand homme...
Mon cher, comptez sur moi!

Mais quel est ce bruit ?

L'ANNONCE (*qui revient du fond*). Ce sont les pièces nouvelles qui se pressent dans votre antichambre.

LA RÉCLAME. Les théâtres de Paris!... Ah! les flatteurs! ils viennent me faire la cour!

CANARD IV (*à Crétin*). Encore des canards que vous allez passer en revue.

SCÈNE III.

LES MÊMES, JÉROME LE MAÇON, GASTI-BELZA, LE PÈRE DOMINIQUE, UN CROISÉ DE LA JÉRUSALEM, LE MOULIN A PA-ROLES, LA BELLE AUX CHEVEUX D'OR, LE CHIFFONNIER DE LA PORTE-ST-MAR-TIN, *donnant le bras à la chiffonnière du Palais-Royal*, TROIS GIRONDINS.

CHŒUR.

AIR :

Nous accourons tous ensemble
Des théâtres de Paris
La Réclame nous rassemble
Nous sommes ses favoris.

JÉROME (*à la cantonnade*). Oh hé! Poulot!... une truellée au sas... gâché serré!

CRÉTIN. Quel est ce maçon ?

JÉROME. Serviteur, la compagnie! Jérome le maçon du théâtre des Variétés, la première porte à gauche sur le boulevart Montmartre, les bureaux à droite, le corridor en face, et toujours tout droit sans vous retourner!

LA RÉCLAME. Ah! vous êtes Jérome le maçon? Mais dites-moi, l'ami, pour solliciter mon appui, avez-vous de ça?...

JÉROME (*se touchant le cœur*). Comment de ça?

LA RÉCLAME. Non, de ça?

JÉROME. Ah! oui, de ça! voilà ce qu'il faut aujourd'hui. Si j'avais de ça, on me retirerait son chapeau...; mais je n'ai que de ça. ., bernique! on ne me regarde pas. Apprenez donc que quand on a de ça, on peut se passer de ça! Avec de ça on ne peut se passer de procurer le bonheur; on est toujours en deçà. Mais avec de ça!... Oh! Dieu de Dieu! de ça!... parlez-moi de ça!... rien ne vaut le contentement de ça!

CRÉTIN. Il ne sort pas de ça!

JÉROME.

AIR : *De la mère Bontems.*

J'suis un homme de cœur,
Je l'chante en vers, je l'dis en prose;
De cœur et d'honneur
Je n'parle pas d'autre chose.
J'en parle et r'parle tant
Que c'en est embêtant;
J'en parle pendant le potage,
J'en parle encore après l'fromage.
Et pour fair' mon ch'min
C'est là mon plus fin!

CANARD IV. Ah ça, qu'est-ce que vous avez donc sur votre hotte?... L'affiche du Gymnase, *Didier l'honnête homme!*

JÉROME. Oui, c'est une pièce que j'ai dans le dos!

CANARD IV. On a trouvé que vous vous ressembliez beaucoup.

JÉROME. Bah! tous les honnêtes gens se ressemblent!

LA RÉCLAME. Oui, vous êtes un peu frères.

JÉROME. Ce qui fait que nous ne sommes pas cousins.

CANARD IV. Allons, allons, on a beau vous avoir roulé dans le plâtre, entre nous, mon cher, vous n'êtes qu'un replâtrage.

JÉROME (*vexé*). Un replâtrage!

LA RÉCLAME. Ne vous fâchez pas! je dirai que vous êtes une pièce bien charpentée.

MADAME CAILLETTE (*s'avançant*). Eh! dis donc, camarade, est-ce qu'il n'y en a que pour toi? Je demande la parole! (*Jérome retourne à sa place.*)

CRÉTIN. Tiens!... quelle est cette jolie petite meunière?

CANARD IV. C'est....

MADAME CAILLETTE (*l'interrompant*). Pardon, ne vous donnez pas la peine, je saurai bien m'expliquer moi-même. Je suis la camarade de monsieur, madame Caillette, la meunière du théâtre des Variétés, une petite luronne qui n'a pas sa langue dans sa poche.

CRÉTIN. Je le vois bien!... mais...

MADAME CAILLETTE. Je suis gaie..., spirituelle..., jolie, allez-vous dire; c'est vrai, je ne m'en cache pas; un peu coquette, c'est possible, mais un cœur excellent, une tête idem, et en fait de probité, de loyauté, de charité, de bonté, d'humanité (*faisant la révérence*), je ne laisse rien à souhaiter!

CRÉTIN. Peste! quel moulin à paroles!

MADAME CAILLETTE. Justement, c'est comme ça qu'on m'appelle!

AIR : *Tic, tac.*

Mon coquetage
A tout l'ouvrage
Donn' du piquant
Et du avenant
Dans tout' la salle.
Dans chaque stalle
On me sourit
On m'applaudit!
D'vant mon regard coquet
S'arrête la cabale;
L'on dit mêm' qu'en secret
Du public le cœur fait
Tic-tac, tic-tac.
Du moulin c'est le caquet!
Tic-tac, tic-tac.
Et comme dans le moulin
Au parterre soudain
Le tic-tac va son train!

CANARD IV. Oui... oui... vous êtes un joli petit canard renouvelé de la mauvaise langue de village!

MADAME CAILLETTE. Ce sont les mauvaises langues qui disent ça!

LA RÉCLAME. Et vous demandez?...

MADAME CAILLETTE Un petit bout d'article pour amener l'eau au moulin!

LA RÉCLAME. Un article, à vous ?

Air : *Fleuve de la vie.*

Je pense que madame raille !
Que venez-vous faire en ce lieu ;
Vous, marquise de Pretintaille
Létorières et Richelieu ?
Laissez les autres, belle dame,
Ici m'implorer en tremblant ;
Mais pour vous c'est votre talent
Qui vous sert de réclame.

MADAME CAILLETTE. Tiens ! c'est gentil, ça !

GASTIBELZA (*s'avançant*). Mes papiers ?... où sont mes papiers ?

CRÉTIN. Quel est cet homme ?... il a l'air toqué.

CANARD IV. Ce n'est pas étonnant... c'est le fou de Tolède.

CRÉTIN. Ah ! oui... Gastibelza... l'homme à la...

CANARD IV. Canardière... à cause des canards qu'il peut faire en chantant !

GASTIBELZA. Monsieur... vous n'avez pas vu mes papiers ?

CRÉTIN. Vos papiers ?.. qu'est-ce que c'est que vos papiers ?

GASTIBELZA. Je n'en sais rien... les auteurs n'en savent rien... le public n'en sait rien... mais ça ne fait rien... on ne fait pas de pièces sans papier.

CRÉTIN. C'est juste ! mais ne pourriez-vous pas me chanter quelque chose de votre opéra ?

GASTIBELZA. Volontiers. Premier acte ! (*Il chante très-fort.*)

Gastibelza l'homme à la carabine,

CRÉTIN. Connu !... connu ! passons au second acte.

GASTIBELZA (*chantant bas*).

Gastibelza... l'homme à la...

CRÉTIN. Encore !... Et dans le troisième ?

GASTIBELZA (*criant.*)

Gastibelza !...

CRÉTIN. Ah ! toujours donc ! on m'avait pourtant dit un bien énorme de votre musique.

GASTIBELZA. On a eu raison !... c'est le début d'un jeune compositeur, qui pour son coup d'essai a fait un coup de maître.

LA RÉCLAME. Aussi peut-il se passer de moi... Sa musique n'a pas besoin de réclames... je les garde pour le poème !

GASTIBELZA. Ce n'est pas maladroit !

CRÉTIN. Mais enfin votre théâtre a mordu ?

GASTIBELZA. Parbleu ! puisque c'est le théâtre Adam.

Air : *de Julie.*

Successeur du Cirque Olympique
J'ai changé de genre et de nom,

Et maintenant résonne la musique
Où jadis grondait le canon !
C'était alors le temple de la gloire,
Un champ d'honneur et de succès ;
Sur ce terrain-là je devais
Débuter par une victoire !

LE CROISÉ (*s'avançant et plantant sa bannière*). Place à l'Opéra !

CANARD IV. Eh ! mais ! c'est un croisé de la *Jérusalem !*

CRÉTIN (*lisant*) Académie royale de musique, ici on chante à pied et à cheval. »

LE CROISÉ. La *Jérusalem*, grand opéra cavalcadour, et dont la musique doit plaire à l'ambassadeur de Perse.

CRÉTIN. Parce que ?...

LE CROISÉ. Parce que d'un bout à l'autre c'est un cri perçant.

CANARD IV. Ah ! oui, canard à grand orchestre. (*Présentant une petite vieille.*) La Belle aux cheveux d'or de la porte Saint-Martin !

CRÉTIN. Ça, la Belle aux cheveux d'or !... comme elle est vieille !

LA BELLE AUX CHEVEUX D'OR Dam... écoutez donc, je suis sur mon déclin ! après cent cinquante représentations !

CANARD IV. Ah ! oui, vous avez fait merveille !... Et sans doute vous justifiez cet empressement du public par des paroles bien spirituelles, des mots piquants, de jolis couplets ?

LA BELLE AUX CHEVEUX D'OR. J'avais de magnifiques décorations.

CRÉTIN. Mais la pièce était-elle amusante ?

LA BELLE AUX CHEVEUX D'OR. On avait dépensé cent mille francs !

CRÉTIN. Peste !

LA BELLE AUX CHEVEUX D'OR.

Air : *L'amour qu'Edmond.*

Lorsque pour moi l'on fit cette dépense
On savait bien que je rembourserais,
Exacte au jour de l'échéance,
Le capital avec les intérêts !
Pendant cinq mois du public idolâtre
Par mon éclat j'ai su charmer les yeux ;
Et dans la caisse du théâtre
J'ai laissé l'or de mes cheveux.
Oui, dans la caisse du théâtre
J'ai fait tomber tout l'or de mes cheveux !

CRÉTIN. Cristi !... j'aurais voulu la voir dans son printemps !

LA RÉCLAME. Eh ! bien, sois satisfait... Pour toi, la Réclame va la rajeunir ! (*Elle étend la main vers la Belle aux cheveux d'or ; aussitôt son costume de vieille tombe, et elle paraît sous celui d'une jeune et belle princesse.*)

CRÉTIN. Charmante !... délicieuse !... Je comprends les sacrifices que les directeurs ont faits pour vous !

LES GIRONDINS (*s'avançant et chantant*).

Mourir pour la patrie
C'est le sort le plus beau
Le plus digne d'envie !

CRÉTIN. Quels sont ces patriotes?

CANARD IV. Les Girondins du Théâtre-Historique chantant un chœur pour se donner du cœur! *(Présentant le père Jean.)* Le chiffonnier de Paris, autre succès de la porte Saint-Martin, et donnant le bras à la chiffonnière du Palais-Royal.

CRÉTIN. Une pièce à côté?

CANARD IV. Oui, à côté du succès!

LE PÈRE DOMINIQUE. Pauvre aveugle, s'il vous plaît!

CRÉTIN. Quel est ce vieux minable?

CANARD IV. Le père Dominique des *Paysans,* le dernier succès de l'Ambigu.

LA RÉCLAME. Un pauvre aveugle qui vient mendier quelques petits éloges.

LE PÈRE DOMINIQUE.

Air : de Paysans-d'Artus.

Les paysans c'est des bons drilles,
Pour les bourgeois bien mal faisans,
C'est tous farceurs garçons et filles
Vite à jamais les paysans!
Allez, allez à l'Ambigu-Comique,
Numéro quatre, à droit' sur le boul'vard;
De paysans, là se tient un' boutique
Ous qu'on en fait comm' on n'en voit nulle part.

Reprise ensemble.

Les paysans, etc.

CANARD IV. Ah! ça, faites-vous de l'argent?

LE PÈRE DOMINIQUE *(s'éloignant).* La charité, s'il vous plaît!

CANARD IV. Ah! bon!... succès d'aveugle!... Il ne voit pas ses recettes.

(Bruit de musique et grosse caisse.)

CRÉTIN. Qui vient là?

CANARD IV. Une députation du Théâtre-Français... Cléopâtre!

SCÈNE IV.

LES MÊMES, CLÉOPATRE *(entrant précédée par des gardes et des femmes).*

CLÉOPATRE.

J'arrive en omnibus du Théâtre-Français.
De novembre dernier je suis le grand succès.
Je représente ici la blanche Cléopâtre;
Mais j'ai substitué mon ébène à l'albâtre;
J'eus d'abord un époux, il était embêtant!
Je m'en débarrassai pour choisir un amant.
César est mon premier, mon second, Marc-Antoine.
Mais celui-là guerroie en Grèce, en Macédoine.
Aussi ma vie est bien monotone! J'ai beau
Me faire réciter les odes de Sapho,
Lire les feuilletons, les romans de La Presse,   [se.
Rien ne peut mettre un terme à l'ennui qui m'oppres-
Je m'ennuie, on s'ennuie, et nous nous ennuyons.
Notez avec cela qu'en ces feux nous grillons.
Quoi! toujours du soleil!... Pour avoir une averse
Je voudrais que l'on mît le ciel d'Égypte en Perse.
(Changeant de ton.)
J'eus pourtant hier soir, un moment assez gai!
J'aperçois, vers la brune, en flânant sur le quai,
Un esclave, un berger qui, d'un œil en coulisse
Me regardait... Pour lui je sentis un caprice..

LA RÉCLAME.

Quoi! la reine d'Égypte oser aimer (c'est laid).
Un esclave, un valet!

CLÉOPATRE.

    Oui, mais un beau valet!
Quoique pâtre, il avait un chic de gentilhomme;
Brûlant, comme Pâris, de me donner la pomme,
Il tombe à mes genoux, et dit dans son transport:
« La clef de ton boudoir pour une heure et la mort !»
Que répondre?.. j'étais émue... et Cléopâtre
Pour prix de tant d'amour donna la clef au pâtre!

LA RÉCLAME.

Mais Marc-Antoine?

CLÉOPATRE.

    Ah! bah! monsieur n'en saura rien!
L'esclave se taira... J'avais un bon moyen:
Il a pris dans un grog certain poison de Thrace,
Lequel, soyez-en sûrs, n'en laisse pas... de trace!

CRÉTIN.

Il est empoisonné?..

CLÉOPATRE.

    Poisonné?.. non vraiment!
Puisque c'est lui qui doit faire le dénoûment!
(Reprenant le ton du récit.)
J'ai perdu Marc-Antoine... et pour trancher ma vie
Aux pleurs, au désespoir désormais asservie
Je demande un poignard, un boisseau de charbon,
Une aiguille, un canif, des ciseaux... un tromblon!
On me refuse tout!... quand le meilleur des zigues
Mon esclave m'apporte un aspic sous des figues.
L'aspic pique et repique, et grâce à cet aspic
Comme au jeu de piquet, je suis pic et repic!

TOUS. Bravo! bravo!

LA RÉCLAME *(se levant).* Allons, mes secrétaires, préparez vos plumes... car tous ces braves gens vont donner de la besogne à la Réclame....

SCÈNE V.

LES MÊMES, ALBERT BADIN.

BADIN. La réclame?... pardon... Madame, j'en demande ma part.

LA RÉCLAME. Qui êtes-vous?

BADIN. Vous voyez en moi l'illustre Albert Badin... entrepreneur d'un nouveau genre de canards extrêmement à la mode, et pour obtenir de vous une réclame... je viens vous offrir d'exécuter devant vous un de mes exercices.

LA RÉCLAME. Quoi donc?

ALBERT. La suspension éthéréenne.

CRÉTIN *(se levant).* La suspension éthéréenne!.. Qu'est-ce que c'est que ça?

ALBERT BADIN. Vous allez le savoir... Qu'on amène l'enfant! *(Un nègre amène un enfant vêtu exactement comme celui de Robert Houdin).*

CRÉTIN. Ah! quel gentil petit bonhomme!

ALBERT BADIN *(à l'enfant).* Mouche-toi! *(L'enfant se mouche avec sa manche. Au public, tenant la main de l'enfant).* Messieurs, un de mes confrères, l'illustre Robert Houdin, a découvert à l'éther une vertu assez singulière...

En en faisant respirer un flacon à son fils il est parvenu à le rendre si léger que ce jeune enfant reste tous les soirs suspendu, sans autre soutien qu'une canne qu'on lui applique sous le bras. Moi, pour cette expérience, c'est au raisiné que j'ai recours. En lui en plaçant une tartine sous le nez, ce jeune garçon acquerra une telle ténuité, que vous le verrez, comme l'oiseau, se tenir dans l'air. (*A l'enfant*). Monte sur le tabouret. (*Il aide l'enfant à monter*). Domingo ! donnez-moi les baguettes.

UN MONSIEUR (*dans la salle*). Oh ! la la ! vous allez blesser ce moutard !

ALBERT BADIN. Attendez donc, Monsieur, je vous reconnais !. . vous étiez ici l'an passé.

LE MONSIEUR. Oui, Monsieur, j'adore les revues, ce matin encore j'assistais à celle du Carousel ; mais je disais que vous alliez faire mal à cet enfant.

ALBERT BADIN. Ne craignez rien !... Je l'aime trop pour cela !... (*Tendrement.*) C'est le fils de ma portière !

LE MONSIEUR. Oh ! alors !... je vous en fais compliment, ça doit être une belle femme.

ALBERT BADIN (*le nègre lui donne les baguettes. Il les place toutes les deux sous le bras de l'enfant*). Maintenant, grâce à cette tartine de raisiné que je mets sous le nez du petit, il va s'endormir ! (*L'enfant ferme les yeux et penche la tête.*) Voyez !... déjà le marmot dort comme une marmotte... son corps devient léger comme la plume, ses pieds rasent à peine le tabouret. (*Il passe la main sous les pieds de l'enfant.*) Cette canne lui devient inutile... (*Il donne un coup dans la canne de droite qui tombe à terre. Aussitôt le bras qu'elle soutenait retombe.*)

LE MONSIEUR. Ah ça, mais le tabouret !... je demande qu'on supprime le tabouret !

ALBERT BADIN. Soit !... qu'on m'envoie des fils imperceptibles ! (*Deux énormes câbles descendent du centre ; il les attache aux pieds de l'enfant qu'il a placé dans une position horizontale et qui reste suspendu.*)

LE MONSIEUR. Ah ! bon ! vous appelez ça des fils imperceptibles ?

ALBERT BADIN. Comment ! est-ce que vous voyez quelque chose ?

LE MONSIEUR. Parbleu !... des cordes à puits !

ALBERT BADIN. Cela fait l'éloge de votre vue !.. Au reste, nous voulons bien montrer des canards au public ; mais nous ne voulons pas que l'on voie les ficelles. (*Criant.*) Enlevez les fils ! (*Les câbles remontent. L'enfant reste suspendu.*)

CRÉTIN (*passant les mains au-dessous des jambes de l'enfant*). Rien !... absolument rien !.. Ah ! c'est ébouriffant !

LE MONSIEUR. Oh ! la la ! (*Il applaudit.*)

CHŒUR.

Air : *Ah ! le bel oiseau.*

C'est étonnant !
Surprenant !
Son spectacle
Est un miracle !
Gloire à l'illustre Badin,
Rival de Robert-Houdin !

(*Le rideau baisse.*)

DEUXIÈME TABLEAU.

Le théâtre représente l'Hippodrome. Au lever du rideau tous les acteurs de la pièce sont en scène ; on aperçoit au milieu du théâtre un immense ballon dans la nacelle duquel sont : CANARD Ier, CANARD II, CANARD III.

ENSEMBLE.

Air : *de la Muette.*

C'est moi (*bis*) qu'on choisira
Et c'est moi qu'on enlèvera ;
Oui, cet honneur n'est dû qu'à moi !
Prononcez, vous faites la loi !

CANARD IV (*entrant, suivi de Crétin*). Arrivez... arrivez, mon cher Crétin !... ainsi que je l'avais annoncé, voilà tous nos canards rassemblés à l'Hippodrome ! On va choisir parmi eux celui qui aura l'honneur d'être enlevé !

CRÉTIN. Oh ! que c'est beau ! oh ! le magnifique ballon !

CANARD IV. Encore un canard ! le ballon-restaurant, pour les personnes qui aiment à dîner en plein air.

CRÉTIN (*lisant ce qui est écrit sur le ballon*). Oh ! c'est ma foi vrai ! Déjeuners, dîners,... nacelle de cinquante couverts... et des cabinets particuliers !

CANARD IV. Allons, illustre père Canard, à qui décernez-vous le prix de l'ascension ?

Reprise du chœur.

C'est moi (*bis*), etc.

CANARD Ier. Canards grands et petits, canards de toutes les couleurs, je suis content de la couvée de 1847 !... Vous avez tous des droits à l'admiration des jobards ; mais quant à faire un choix parmi vous... ma foi j'y renonce.

CANARD IV. Eh bien ! je vais vous tirer d'embarras ! De tous les canards, ici présents, le plus gros, c'est notre Revue, et c'est à elle que je décerne le prix.

TOUS. Bravo ! bravo !

LA RÉCLAME. Quant à vous, Canards mes amis, continuez vos nobles efforts, et moi, La Réclame, je vous pousserai, je vous prônerai, enfin, je vous promets une place...

CRÉTIN. Dans le palais de la gloire ?

CANARD IV. Non... dans celui de la blague !

VAUDEVILLE FINAL.

AIR : *L'économie est une vertu.*

Canards, canards,
Que de canards!
Cette famille
Ici fourmille.
Canards, canards,
Sous nos regards
Nous en voyons de toutes parts!

CANARD Ier.

Pierrot posthume, aux yeux de l'univers,
Devait offrir un spectacle sublime.
Son seul defaut, hélas! fut d'être en vers,
Qu'il eût été charmant en pantomime!
Canards, canards, etc.

LA RÉCLAME.

De la banquette évitant les écueils
Pour le public qui demande ses aises
Chaque théâtre a des stalles-fauteuils
Où l'on est presque aussi bien qu' sur des chaises.
Canards, canards, etc.

CANARD II.

L'Théâtre Français vient de s'fair' réparer
Il a repeint sa salle, c'est méritoire;
Mais c'qu'il devrait surtout fair' restaurer
C'était, hélas! c'était son répertoire!
Canards, canards, etc..

LE PASSAGE VÉRO.

D'un gaz nouveau l'inventeur sans pareil
A peu de frais, pour nous quelle fortune,
Se charg' la nuit d'imiter le soleil!
Et ça ressemble au plus beau clair de lune!
Canards, canards, etc.

PREMIÈRE ÉCUYÈRE.

Sur le boul'vart la kermesse aux badauds
Montr' ses femm' et ses b'scuits sous cloches;
De la Hollande à quoi bon les gâteaux?
Paris était assez riche en brioches.
Canards, canards, etc.

L'ÉCHAUDÉ.

Deux grands rivaux, dentistes charlatans,
S'arrach'nt l' prix des mâchoir's mécaniques,
Et chaqu' matin ils se montrent les dents,
En attendant celles de leurs pratiques.
Canards, canards, etc.

JÉRÔME LE MAÇON.

La Cerito dernièr'ment se montra,
Et la voyant souple comme un jeune arbre,
On fut surpris dans l ballet d'Opéra
De rencontrer une fille de marbre!
Canards, canards, etc.

ALBERT 1.   X.

On vend les œuvr's de Scr[...]   . acheteurs
Pour trent'cinq francs au li[...]   :ls cent cinqua[...]
Quel bon marché pour les ,   [...] auteurs
Si son esp:it lui-même (t[...]   [...]nte!
Canards, ca[...]   , etc.

CRÉ[...].

On vient d'paver la plac' du Carrousel;
Il était temps de sécher c'marécage,
Il eût fallu pour le premier dégel
Faire établir un bateau de sauv'tage.
Canards, canards, etc.

CANARD III.

De l'obélisque un savant de Paris
Vient d'déchiffrer les mots et d'les traduire;
Mais l'travail fait, qui demeura surpris?..
Il se trouva que ça n' voulait rien dire!
Canards, canards, etc.

MADAME CAILLETTE.

De tous côtés on élèv' des maisons;
On bâtit tant que les propriétaires
Pour habiter leurs habitations
Seront forcés d'payer les locataires.
Canards, canards, etc.

CANARD IV (*au public*).

J'ai fait un choix, ah! daignez l'approuver!
De nos canards le plus gros c'est la pièce,
D'un coup de main vous pourrez l'enlever,
Et c'est à vous, messieurs, que je m'adresse.
Canards, canards, etc.

TOUS.

Canards, etc.

FIN DES CANARDS DE L'ANNÉE.

Paris. — Imprimerie CLAYE et TAILLEFER, 7 rue Saint-Benoît.

www.ingramcontent.com/pod-product-compliance
Ingram Content Group UK Ltd.
Pitfield, Milton Keynes, MK11 3LW, UK
UKHW020146080726
13614UKWH00005B/2438